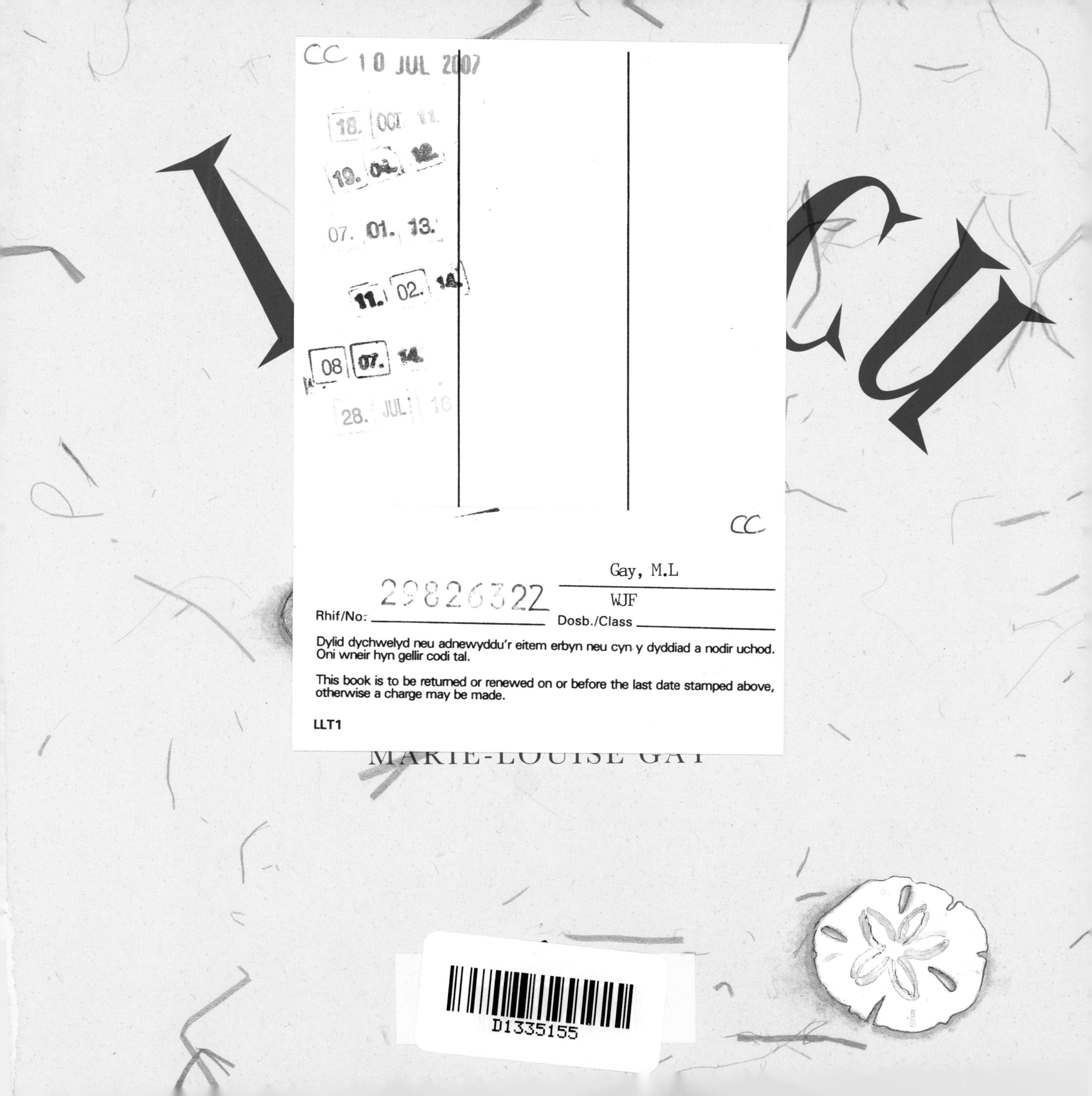

MARIE-LOUISE GAY

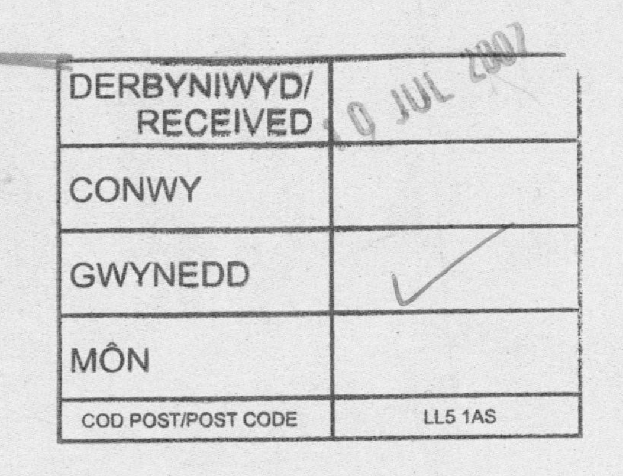

Cyhoeddwyd gyntaf yng Nghanada yn 1999
gan Groundwood Books / House of Anansi Press,
110 Spadina Avenue, Suite 801, Toronto,
Ontario, Canada M5V 2K4

Cyhoeddwyd gyntaf yng Nghymru yn 2007
gan Wasg Gomer, Llandysul, Ceredigion, SA44 4JL

ISBN 9781843237921

Dymuna'r cyhoeddwyr gydnabod cymorth
Adrannau Cyngor Llyfrau Cymru a Chyngor Celfyddydau Canada.

Argraffwyd a rhwymwyd yn China.

I Jacob, sy'n holi o hyd

Roedd Lleucu a Llŷr yn treulio'r diwrnod ar lan y môr.
Hwn oedd y tro cyntaf i Llŷr weld y môr.

'Mae'n hardd, on'd yw e Llŷr?' meddai Lleucu.
'Mae'n fawr iawn,' meddai Llŷr, 'ac yn swnllyd.'

Roedd Lleucu wedi gweld y môr unwaith o'r blaen, cyn i Llŷr gael ei eni. Roedd hi'n gwybod am gyfrinachau'r môr i gyd.

'Ydy'r dŵr yn oer?' holodd Llŷr. 'Ydy e'n ddwfn?
Oes bwystfilod yn byw ynddo?'

‘Mae’r dŵr yn fendigedig,’ meddai Lleucu.
‘A dim un bwystfil yn agos. Beth amdani, Llŷr?’

'Mewn munud,' atebodd Llŷr.

‘O ble daw’r seren fôr?’ holodd Llŷr.
‘O’r awyr uwchben,’ atebodd Lleucu.

‘Seren wib yw pob seren fôr, rhai sydd wedi cwympo mewn cariad gyda’r dŵr.’

'Doedd arnyn nhw ddim ofn boddi?' holodd Llŷr.

‘Na,’ atebodd Lleucu. ‘Dysgodd pob un sut i nofio.’

'Beth yw hwn?' holodd Llŷr.
'Cragen y lloer,' atebodd Lleucu. 'Mae'n dod o'r lleuad.'
'Beth yw hwnnw?' holodd Llŷr.

‘Aden angel,’ atebodd Lleucu. ‘Angel oedd biau hon.’
‘A hwn?’ holodd Llŷr.
‘Llygad siarc,’ atebodd Lleucu.

‘Wyt ti’n credu bod siarcod yn y môr?’ holodd Llŷr.
‘Wyt ti erioed wedi gweld un?’

‘Dim ond un bach,’ meddai Lleucu, ‘gyda phatshyn ar ei lygad. Beth amdani, Llŷr?’
‘Mewn munud,’ meddai Llŷr.

‘Edrycha, Llŷr!’ galwodd Lleucu. ‘Dyma farch y môr.’

‘Ydy march y môr yn gweryru?’ holodd Llŷr.
‘Ydy march y môr yn carlamu?’

‘Ydy!’ gwaeddodd Lleucu. ‘A gallwch chi fynd ar gefn march y môr heb gyfrwy na dim. Llŷr? Beth amdani?’

‘Mewn munud,’ meddai Llŷr.

‘Beth am dyllu’n ddwfn, ddwfn?’ meddai Lleucu.

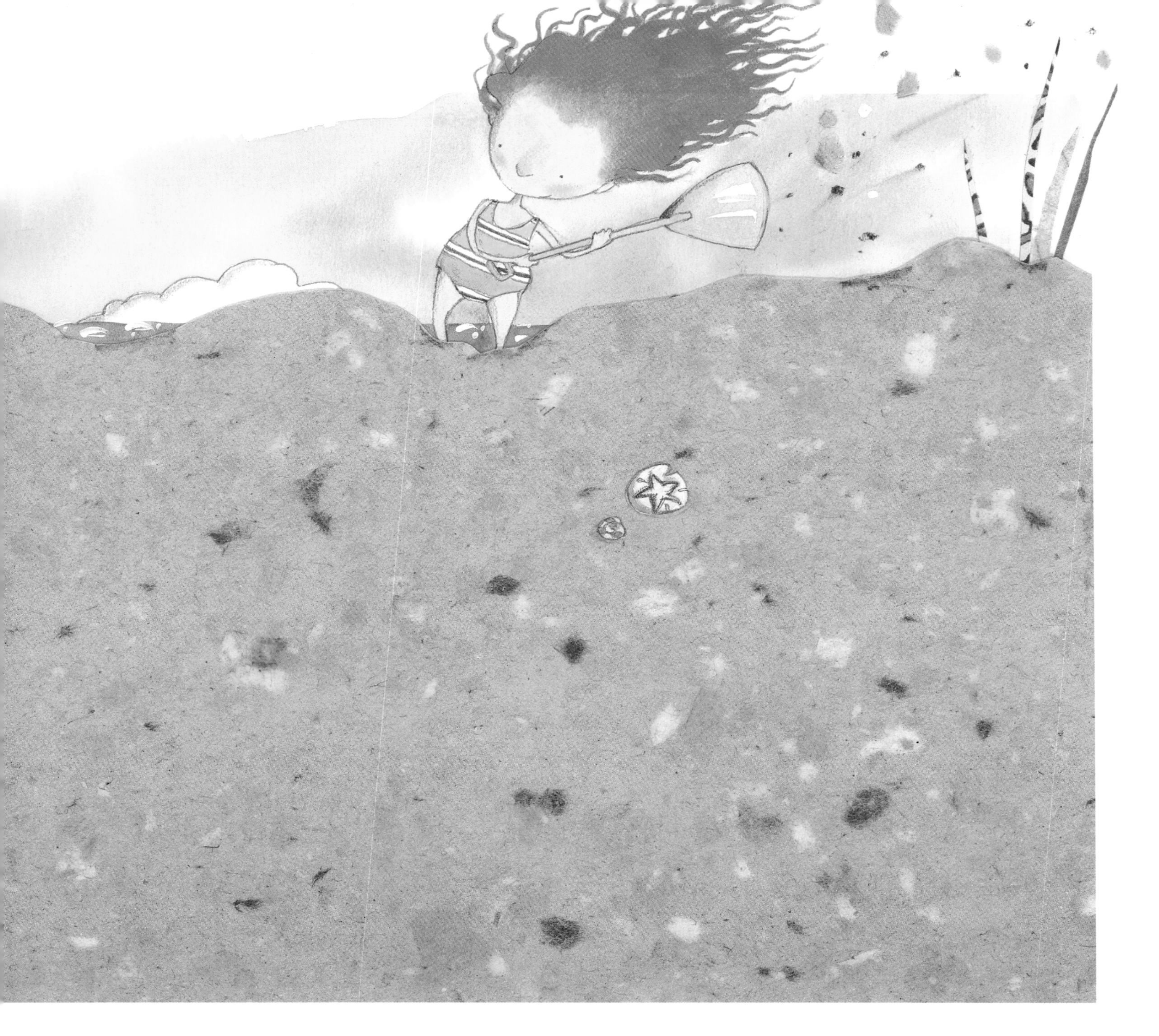

‘Pam?’ holodd Llŷr. ‘I beth? Tyllu i ble?’

‘I Tsieina,’ atebodd Lleucu.
‘Ydyn ni bron â chyrraedd?’ holodd Llŷr.

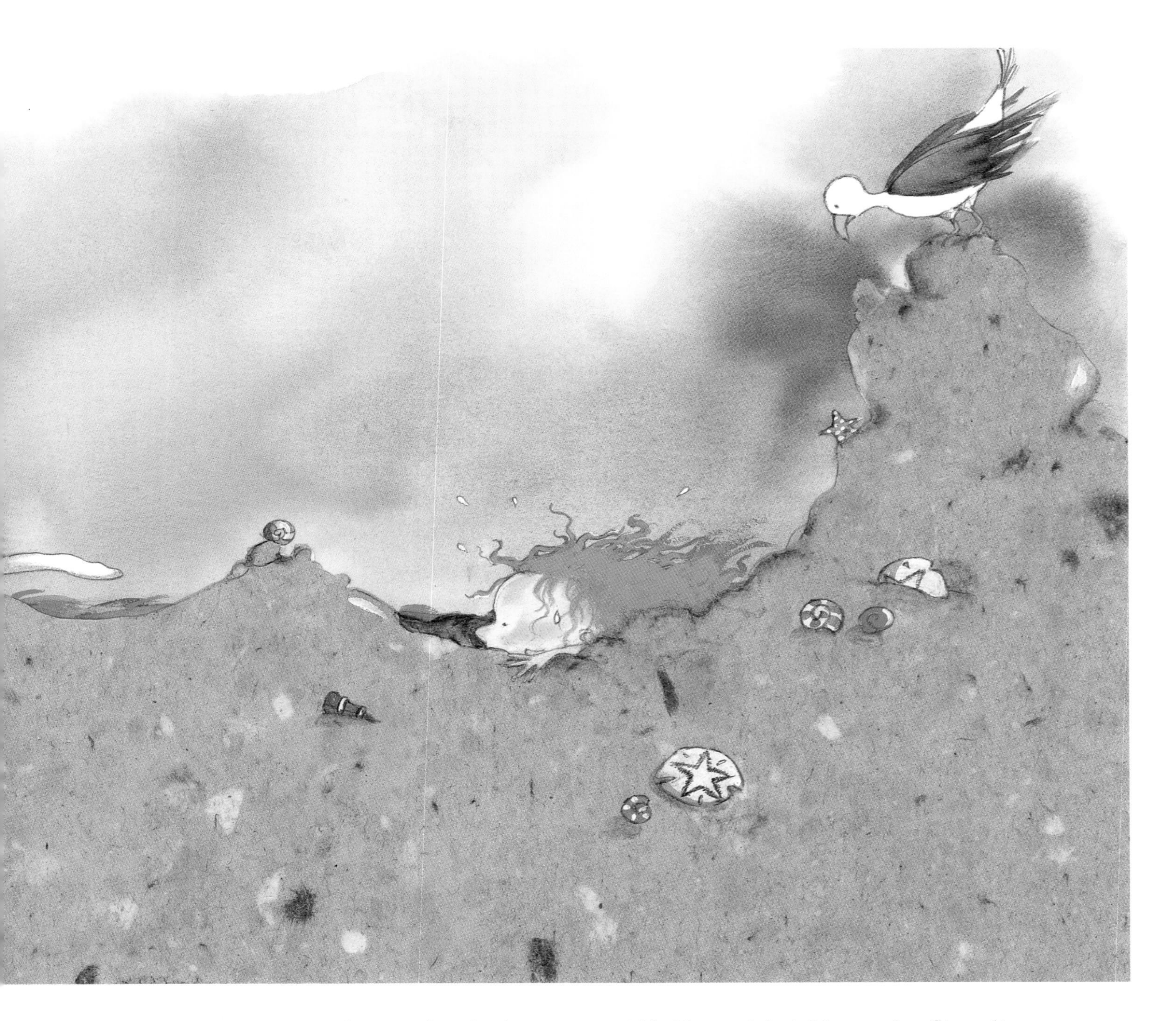

‘Beth am fynd i bysgota, Llŷr?’ meddai Lleucu’n flinedig.
‘Falle wnawn ni ddal blaidd y môr.’

‘Ydy blaidd y môr yn udo?’ holodd Llŷr.
‘Ydy penci’n cyfarth?’ Ydy llyffant y môr
yn crawcian?’ holodd Llŷr.

‘Dim syniad,’ atebodd Lleucu’n dawel. ‘Rwy’n mynd i nofio.’
‘Ydy’r pysgodyn parot yn nofio?’ holodd Llŷr.
‘Neu ydy e’n hedfan a sgrechian?’

‘Ydy’r môr yn cyffwrdd â’r awyr?’ holodd Llŷr.
‘Ydy’r cychod bach yn hwylio dros y dibyn?
O ble daw’r tonnau mawr? Pam . . ?’

‘Llŷr!’ gwaeddodd Lleucu’n uchel.
‘Beth amdani? Pryd wyt ti’n mynd i ddod mewn i’r dŵr?’

‘NAWR!’ meddai Llŷr.